westermann

D1994515

Die Welt und ich mittendrin

Herausgegeben von
Birgit Groschupp-Kluge

Erarbeitet von
Christiane Doms
Birgit Groschupp-Kluge
Silke Nitschel
Diane Rothe

in Zusammenarbeit mit der
Westermann-Grundschulredaktion

Unter Beratung von
Madeleine Hollmichel

Illustriert von
Yvonne Hoppe-Engbring und Sabine Wiemers

Inhalt

Voneinander 36

Wir in der Welt 54

Methodenwelt 68

Das bin ich

Genauso wie du ist kein anderer Mensch.
Dein **Ich** macht dich zu einer besonderen Person.

1 Betrachte dich im Spiegel. Was siehst du? Beschreibe genau.

2 Nicht alles, was dein **Ich** ausmacht, kannst du im Spiegel sehen. Warum ist das so? Erkläre.

Wie heißt du? | Was magst du an dir?

Was spielst du gern? | **?**

3 Finde weitere Fragen. Stelle sie einem Partnerkind.

Die eigene Person und Persönlichkeit beschreiben
Die eigene Einmaligkeit und Lebenswelt untersuchen und kennen
Die eigene Lebenswelt als befragenswert wahrnehmen

AH 1 S. 4
→ S. 68

So bin ich

Zu deinem **Ich**
gehören **Merkmale**, die man sehen kann.
Du hast auch **Eigenschaften**, die man nicht sehen kann.
Diese **Merkmale** und **Eigenschaften** machen dein **Ich** aus.

1 Betrachte das Bild.
Welche **Merkmale** erkennst du? Beschreibe.
Welche **Eigenschaften** könnten die Kinder haben? Vermute.

2 Wie bist du?
Nenne deine **Eigenschaften**.

3 Vervollständige:
Das finde ich an mir gut: ...
Das würde ich gern an mir verändern: ...

Die eigene Person und Persönlichkeit beschreiben
Die eigene Einmaligkeit und Lebenswelt untersuchen und kennen
Die eigene Lebenswelt als einzigartig wahrnehmen und beschreiben

AH 2 S. 4
KV 1, 38
→ S. 68

Das kann ich

Ich

Ich kann rennen,
tanzen, springen,
kann ein Lied
mit sieben Strophen singen.

Ich kann weinen
und kann lachen,
kann Handstand und
ein bisschen Salto machen.

Ich kann verstehen,
was du meinst,
kann dich trösten,
wenn du weinst.

Anne Steinwart

1 Lies das Gedicht. Was davon kannst du? Erzähle.

2 Sprich mit einem Partnerkind über folgende Fragen:
- Was kannst du besser als ein Kind im Kindergarten?
- Was willst du noch lernen?
- Wer kann dir dabei helfen?
- Gibt es etwas, dass du besser kannst als deine Eltern?

3 Was hast du in dem Gespräch über dein Partnerkind erfahren? Stelle es vor.

Alle können etwas

1 Diese Fotos zeigen, was Kinder können. Erzähle.

2 Passt der Spruch zu den Fotos? Begründe.

3 Erkläre, wie der Spruch zu dir passt.

Kein Mensch kann alles, aber jeder kann etwas.

Einblick in die Unterschiedlichkeit menschlicher Eigenheiten gewinnen
Die Vielfalt unterschiedlicher Stärken und Fähigkeiten erörtern

AH 2 S. 5
BK 1 – 5
→ S. 68

Jeder ist einmalig

Kein Kind auf der Welt
hat Augen so wie deine.
Manche sind braun, andre ganz blau,
die deinen sind einzig.
Dich gibt es nur einmal auf dieser Welt.

Kein Kind auf der Welt
hat eine Stimme wie deine.
Ob lachend, ob singend,
deine Stimme klingt wie sonst keine.
Dich gibt es nur einmal auf dieser Welt.

Kein Kind auf der Welt
kann lächeln so wie du.
Dein Gesicht strahlt, wenn du dich freust.
Dein Lachen gehört dir ganz allein.
Dich gibt es nur einmal auf dieser Welt.

Juliane Dauksch

Kein Kind auf der Welt ist so wie du.
Du bist einmalig.

1 Was macht dich einmalig?
Vervollständige die Sätze:
Ich bin …
Ich kann …
Manchmal möchte ich …

Ich bin klasse, so wie ich bin

Ich bin klasse, so wie ich bin.
Ja, ich schaff' das, ich kriege das hin.
Ja, das schaff' ich, das krieg' ich hin.
Ich bin klasse, so wie ich bin. ♪♫♪

1 Hör dir das Lied an.
Baue ein Standbild, das dazu passt.

2 Was trifft auf dich zu? Erzähle von dir.

Ich darf Geheimnisse haben.

Ich darf Fehler machen.

Ich bin stolz auf mich.

Ich bin klasse.

Ich darf allein sein.

Ich bin klasse.

Ich liebe Überraschungen.

Ich darf mich streiten.

Ich bin klasse.

Ich weiß, was ich kann.

Ich …

Ich bin klasse.

Ich bin mutig.

Ich bin klasse.

Ich darf NEIN sagen.

Ich finde mich schön.

Ich darf neugierig sein.

Die Vielfalt unterschiedlicher Stärken und Fähigkeiten erörtern
Die eigene Person und Persönlichkeit beschreiben
Einblick in die Unterschiedlichkeit menschlicher Eigenheiten gewinnen

AH 2 S. 6
→ S. 69

Meine Gefühle

Jeder Mensch erlebt unterschiedliche Gefühle.
Wie sich jemand fühlt,
kannst du oft am Gesichtsausdruck
und an der Körperhaltung erkennen.

1 Wie fühlen sich die Kinder?
Verwende die Wortkarten und beschreibe.

stolz fröhlich wütend

glücklich traurig albern zornig

2 Hast du diese Gefühle schon erlebt? Erzähle.

3 Wählt eine Situation aus.
Spielt sie nach.

4 Du siehst, dass ein anderes Kind traurig ist.
Wie kannst du reagieren? Tauscht euch aus.

(Eigene) Gefühle (angenehme und unangenehme) benennen und beschreiben
Einblick in die Vielzahl persönlicher Eigenschaften und Gefühle gewinnen
Sich mit eigenen Gefühlen und deren Nutzen auseinandersetzen

AH 1 S. 7
KV 3 – 4; BK 6 – 11
Poster → S. 69, 70

Von der Angst

Gefühle helfen uns auch, Gefahren zu erkennen.
Am deutlichsten warnt uns die Angst.
Angst fühlt sich bei jedem Menschen ein bisschen anders an.

Du hast ein unangenehmes Gefühl.

Du fängst an zu schwitzen.

Deine Hände sind eiskalt.

Du zitterst.

Du bist aufgeregt.

Dein Herz schlägt schneller.

1 Beschreibe die Situation auf den Bildern.

2 Erzähle, wovor du Angst hast.

3 Wie und wo spürst du Angst? Beschreibe.

4 Warum ist Angst haben manchmal lebenswichtig? Begründe.

Gefühle sind wie Farben

1 Betrachte das Bild.
Beschreibe, wie die Farben auf dich wirken.

2 Welche Farbe passt zu welchem Gefühl?
Begründe deine Entscheidung.

Wut Freude Trauer Liebe

Angst Gelassenheit Mut

Einblick in die Vielzahl persönlicher Eigenschaften und Gefühle gewinnen
Sich mit eigenen Gefühlen und deren Nutzen auseinandersetzen
Mögliche Gründe für Gefühle in unterschiedlichen Situationen erklären

AH 2 S. 7
KV 8
→ S. 68, 70

Vom Nein-Sagen

Es gibt Situationen,
in denen du dich nicht wohlfühlst.
Wenn du etwas nicht willst,
darfst du laut und deutlich
NEIN sagen.
Vertraue deinen Gefühlen.

1 Beschreibe die Situationen auf den Bildern.
Erkläre, warum es wichtig ist, **NEIN** zu sagen.

2 Wann müssen Kinder **NEIN** sagen?
Finde weitere Beispiele. Begründe.

3 Übt laut **NEIN, das will ich nicht!** zu sagen.

Vom Wünschen

Wünsche benennen,
was man haben möchte,
was man gern erleben würde oder
wie man sein möchte.

1 Beschreibe, welche Wünsche das Kind hat.

2 Welche Wünsche hast du? Male oder schreibe.

3 Vergleicht eure Wünsche. Was fällt euch auf?

4 Wie könnt ihr die Wünsche sortieren?
Findet verschiedene Möglichkeiten.

Individuelle Wünsche formulieren
Erfüllbare und unerfüllbare Wünsche unterscheiden
Den Wert verschiedener, auch eigener Wünsche erörtern

AH 1 S. 9
→ S. 70

Besondere Wünsche

Tonis großer Wunsch

Toni ist wütend.
Er soll das kleine Einmaleins üben.
Viel lieber will er draußen spielen.
Üben ist so langweilig!
„Wenn ich doch nur ein Matheprofi wäre!“,
seufzt Toni.
„Oder wenn ich zaubern könnte wie Hexe Lilli“,
überlegt er weiter.
Verträumt schaut Toni in die Wolken.
„Oder noch besser:
Wenn ich einen Roboter als Freund hätte!
Er könnte mir auf Knopfdruck
alle Wünsche erfüllen.
Das wäre fein!“

„Was kann ich für dich tun, Toni?“,
hört er plötzlich eine seltsame Stimme
neben sich sagen.

1 Welche Wünsche hat Toni?
Wie könnte ihm der Roboter helfen? Tauscht euch aus:

2 Welchen Wunsch sollte der Roboter dir erfüllen? Erzähle.

3 Stell dir vor, ein Roboter würde dir alle Wünsche erfüllen.
Wie fändest du das? Begründe.

Brauchen und wünschen

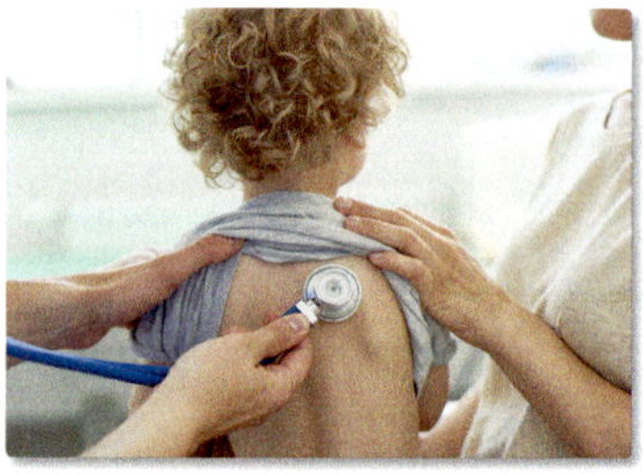

Es gibt Dinge im Leben, die du dir wünschst.
Es gibt Dinge, die du unbedingt zum Leben brauchst.
Das sind deine Grundbedürfnisse.
Wünsche verändern sich im Laufe der Zeit.
Die meisten **Bedürfnisse** bleiben gleich.

1 Sieh dir die Bilder an. Welches zeigt einen **Wunsch**?
Welches zeigt ein **Bedürfnis**? Erkläre.

2 Welche **Wünsche** hast du heute?
Welche davon könnten sich in Zukunft ändern?
Tauscht euch aus.

Eigene Grundbedürfnisse und Wünsche sowie deren Bedeutung für das eigene Leben untersuchen
Den Wert verschiedener, auch eigener Wünsche erörtern und beurteilen

AH 2 S. 9
KV 12
→ S. 68, 70

Gedankenwelt

Das habe ich gelernt.

Ich habe noch eine Frage.

Mein Lieblingsgedanke

Nicht der Schnellste und Stärkste siegt, sondern der, der denkt, dass er es kann.

Miteinander

Familien sind verschieden

1 Welches Foto zeigt eine Familie? Begründe.

2 Entdeckt Gemeinsamkeiten und Unterschiede. Sprecht darüber.

3 Stell dir vor, du kannst einen Tag mit einer dieser Familien verbringen. Erzähle, was du erlebst.

Einblick in die verschiedenen Formen des gemeinschaftlichen Lebens gewinnen
Gemeinsamkeiten und Unterschiede von Lebenssituationen von Menschen im eigenen Umfeld beschreiben

AH 1 S. 10
KV 15; BK 22 – 28
→ S. 68, 72

Zusammenleben in der Familie

Jedes Kind braucht eine Familie.
Vieles ist für das Zusammenleben wichtig:

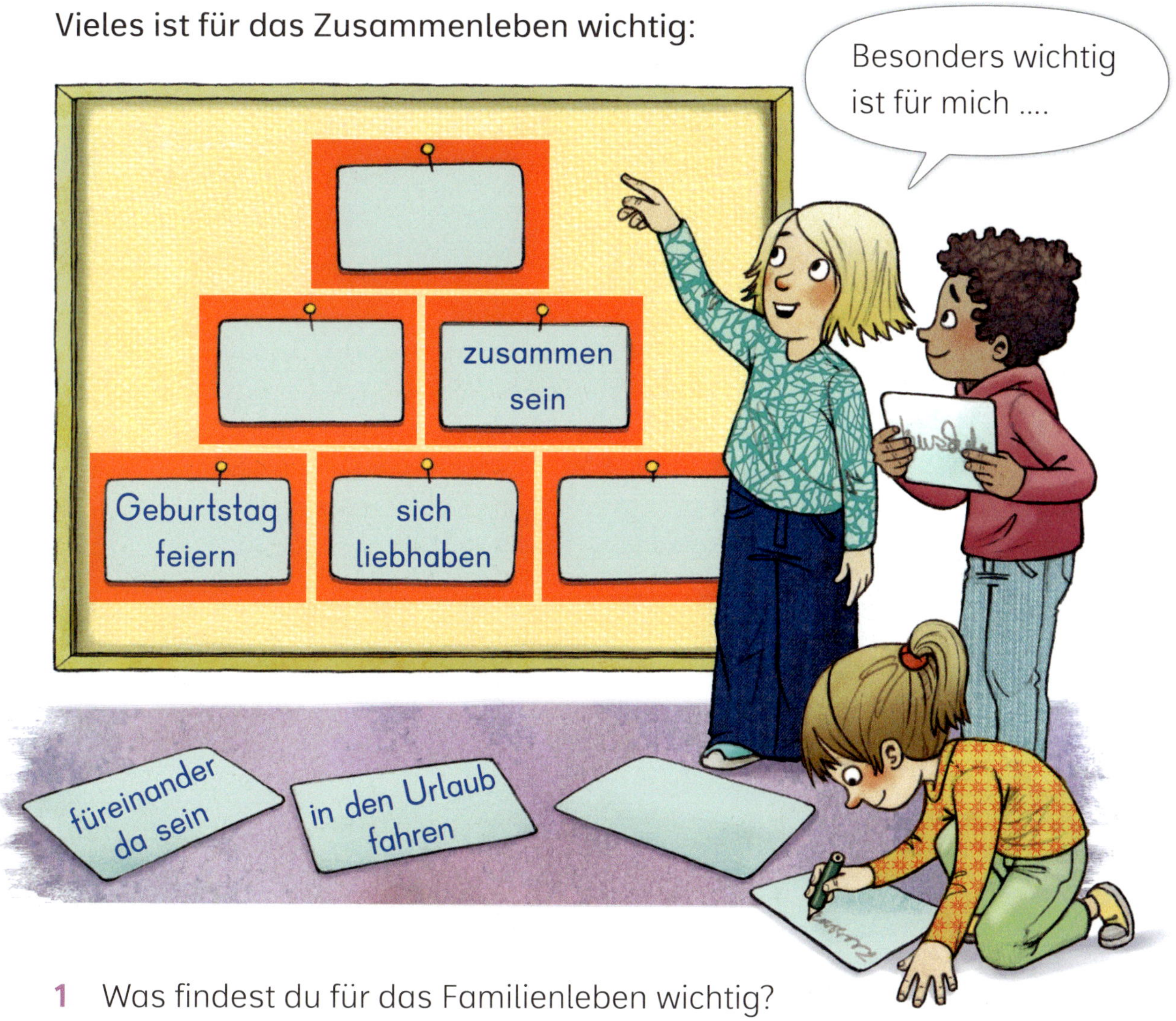

1 Was findest du für das Familienleben wichtig? Ergänze Ideen. Tauscht euch aus.

2 Erstelle eine Begriffspyramide für deine Familie. Stelle sie vor.

3 Begründe, warum du für deine Familie wichtig bist.

Familienleben

Der kleine Krümel ist
der glücklichste Hund der Welt,
denn bei seiner Familie fühlt er sich pudelwohl.
Bis eines Tages Oma zu Besuch kommt und
den Kindern Smartphones und Tablets schenkt.
Auf einmal hat niemand mehr Zeit.
Krümel will seine Familie zurück!

1 Betrachte das Bild.
Was ist damit gemeint: **Krümel will seine Familie zurück**?

2 Was denkst du über Omas Geschenke?
Tauscht euch aus.

3 Stell dir vor:
Einmal in der Woche gibt es in deiner Familie
einen Tag ohne Smartphone und Tablet.
Wie würdet ihr ihn verbringen? Erzähle.

Unterschiedliche Verhaltensweisen, Bedürfnisse und Wünsche von Menschen (und Tieren) beschreiben
Eigenes oder beobachtetes Mediennutzungsverhalten beschreiben

AH 1 S. 11
→ S. 68, 72

Aufeinander verlassen

1 Finn kann sich darauf verlassen, dass Papa pünktlich ist.
Auf wen kannst du dich verlassen?
Wer kann sich auf dich verlassen?
Nenne Beispiele.

2 Erkläre, was es bedeutet, sich auf jemanden verlassen zu können.

Gemeinschaft erleben

Freunde

Familie

Team

Klasse

1 Mira gehört zu vielen Gemeinschaften.
Erzähle.

2 Zu welchen Gemeinschaften gehörst du?
Tausche dich mit einem Partnerkind aus.

3 Was kannst du tun, damit das Zusammenleben
in einer Gemeinschaft gelingt?
Wähle ein Beispiel aus und erkläre.

Geborgenheit erleben

geliebt

entspannt

beschützt

wohlfühlen

sicher

gut aufgehoben

behütet

zufrieden

1 **Sich geborgen fühlen** ist ein wunderbares Gefühl.
Erkläre, welche Bilder Geborgenheit zeigen.

2 Was brauchst du, um dich geborgen zu fühlen?
Erzähle.

3 Was braucht ein Haustier,
um sich geborgen zu fühlen? Tauscht euch aus.

Soziale Erfahrungen der Geborgenheit und Verlässlichkeit kennen und beschreiben
Erfahrung von Geborgenheit in der Begegnung mit anderen Menschen erläutern
Sich mit eigenen Gefühlen und deren Nutzen auseinandersetzen

AH 1 S. 12 / AH 2 S. 13
BK 27 – 28, 33 – 36
→ S. 70

Freundschaft erleben

In eine Familie wirst du hineingeboren. Deine Freundinnen und deine Freunde kannst du selbst wählen. Es ist wichtig, sie zu haben. Freundschaften bereichern dein Leben.

1 Betrachte das Bild.
Erzähle, wo du Freundschaft entdeckst.

2 Wo wärst du gern dabei? Begründe.

3 Beende den Satz:
Freundschaft ist wichtig, weil …

Einblick in die verschiedenen Formen des gemeinschaftlichen Lebens gewinnen
Eigene Vorstellungen von Freundschaft und freundschaftlichem Verhalten beschreiben
Eigene Werte, die Werte anderer und Werte in Freundschaften untersuchen

AH 1 S. 13
KV 38
→ S. 68

Über Freundschaft sprechen

1 Lies die Antworten der Kinder.
Wem stimmst du zu? Begründe.

2 Beende den Satz:
Eine gute Freundin … *Ein guter Freund …*

3 Baut Standbilder zum Thema **Freundschaft**.

Eigene Vorstellungen von Freundschaft und freundschaftlichem Verhalten beschreiben
Eigene Werte, die Werte anderer und Werte in Freundschaften untersuchen
An Beispielen Gelingen und Misslingen von Freundschaft erläutern

AH 2 S. 14
KV 17; BK 32
→ S. 69

Wahrheit und Lüge

1 Betrachte die Bilder.
Erzähle, was passiert ist.

2 Vermute, warum das Kind nicht die Wahrheit sagt.

3 Warum ist es manchmal schwer, die Wahrheit zu sagen?
Tauscht euch aus.

Die Wahrheit sagen?

1 Beschreibe die Situation.

2 Passen die Sätze auf dem Zettel zum Bild? Begründe.

Wahrheit ist wichtig.
Wahrheit kann auch wehtun.

3 Kennst du ähnliche Situationen? Erzähle.

Schule – ein Ort zum Lernen und Wohlfühlen

Diese Schule entwarf der Künstler Friedensreich Hundertwasser. In seinen Häusern sollen sich die Menschen wohlfühlen und Freude erleben. Seine Bauwerke fallen auf. Sie sind farbenfroh und einzigartig.

1 Betrachte das Foto. Erzähle:
Ich sehe … Mir fällt auf … Ich frage mich … Ich vermute …

2 Ist deine Schule eine **Wohlfühlschule**? Begründe.

3 Wie sollte eine Schule sein, in der sich alle Kinder wohlfühlen? Sammelt Ideen auf einem Blatt.

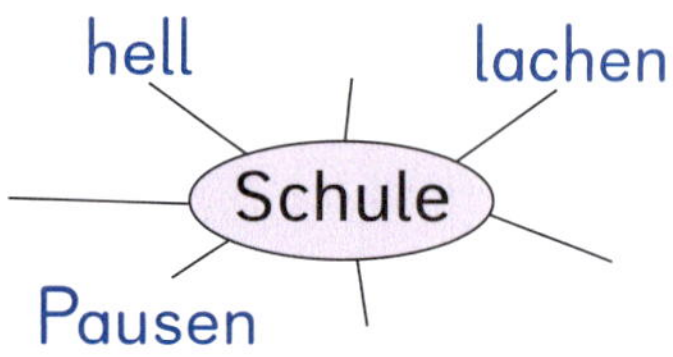

Schule – ein Lernort weltweit

Überall auf der Welt gehen Kinder in die Schule.
Jedes Kind hat das Recht zu lernen.

Schule in der Mongolei

Schule in Kambodscha

Dorfschule in Indien

Klassenzimmer in Ecuador

Klassenzimmer in Kamerun

1 Betrachtet die Fotos.
Entdeckt Gemeinsamkeiten
und Unterschiede.
Sprecht darüber.

2 Stell dir vor,
du könntest für eine Woche
an einer dieser Schulen lernen.
Begründe, welche du wählen würdest.

3 Erkläre, weshalb Lernen wichtig ist.
Nenne Beispiele.

Regeln im Zusammenleben

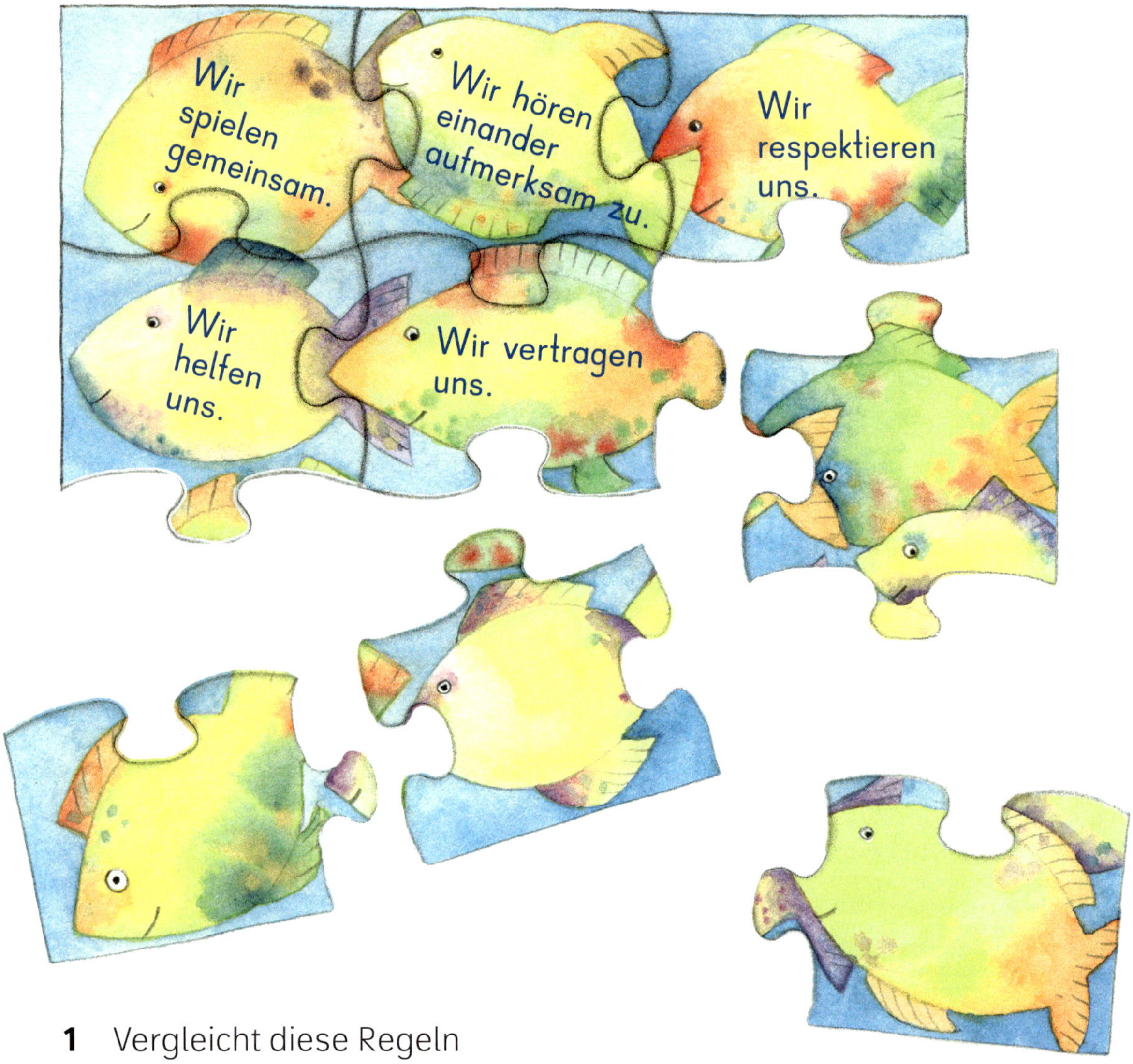

1 Vergleicht diese Regeln mit euren Klassenregeln.

2 Ergänzt weitere Regeln. Sprecht darüber.

3 Welche Regel findest du besonders wichtig? Begründe.

4 Wo gelten diese Regeln noch? Nenne Beispiele.

Sich mit den Bedeutungen von Regeln für das Zusammenleben auseinandersetzen
Regeln als etwas wahrnehmen, das Verhalten steuert und überschaubar macht
Sich zum Zusammenleben in der Klassen- und Schulgemeinschaft positionieren

AH 1 S. 15; AH 2 S. 16
KV 23 – 24; BK 37 – 39
→ S. 71

Höflich sein

Bitte.

Verzeihung.

Ich hätte gern …

Danke.

Guten Tag!

Entschuldigung.

Ich helfe dir.

Du darfst vor.

1 Betrachte die Bilder. Was könnten die Kinder sagen? Nutze die Satzkarten.

2 Spiele eine Situation mit einem Partnerkind nach. Überlegt, was höfliche Kinder sagen würden.

3 Wann bist du höflich? Nenne Beispiele.

4 Vervollständige den Satz: Höfliche Kinder …

Zentrale Regeln für den Umgang miteinander beachten
Eigene Werte, die Werte anderer und Werte in Freundschaften untersuchen
Kenntnisse über soziale Erfahrungen auf Verhaltensweisen in der Schule übertragen

AH 1 S. 16
→ S. 68, 69

Streiten

Menschen sind häufig unterschiedlicher Meinung.
Dies kann zu einem Streit führen.
Streit gehört zu unserem Leben.

1 Beschreibe die Situationen auf den Fotos.

2 Stellt eine Situation in einem Standbild nach.
Wie fühlt ihr euch dabei?

3 Welche Regeln könnten helfen, den Streit zu vermeiden?
Tauscht euch aus.

Situationen des Streits und mögliche Gefühle der Konfliktpartnerkinder erläutern
Mögliche Streitursachen untersuchen
Sich zum Zusammenleben in der Klassen- und Schulgemeinschaft positionieren

AH 1 S. 17
→ S. 68, 69

Versöhnen

Es ist gut, wenn ein Streit mit einer Versöhnung endet, auch wenn das nicht immer einfach ist.

Es tut mir leid …

Lass uns wieder Freunde sein.

Entschuldige bitte.

Warum bist du so wütend?

Komm, wir vertragen uns wieder!

1 Wie können sich Kinder nach einem Streit vertragen? Betrachte die Bilder. Ergänze eigene Ideen.

2 Spielt verschiedene Möglichkeiten sich zu versöhnen.

3 Sammelt weitere Wörter und Sätze zum Thema **Versöhnung**.

Streitlösungen entwickeln und sie hinsichtlich ihrer Eignung untersuchen
Sich mit den eigenen Wahrnehmungen und denen anderer auseinandersetzen
Sich zum Zusammenleben in der Klassen- und Schulgemeinschaft positionieren

AH 2 S. 17
BK 29 – 32
→ S. 69, 70

Einen Streit lösen

Auf dem Heimweg fand der Bär drei Pilze.
Zuhause freute sich das Wiesel sehr.
Der Bär teilte aus.
„Ein Pilz für dich und ein Pilz für mich",
sagte er.
„Und noch ein Pilz für mich.
So ist es gerecht.
Ich bin groß, deshalb muss ich viel essen."

Das Wiesel war nicht einverstanden.
„Ein Pilz für mich, ein Pilz für dich
und noch einer für mich.
Das ist gerecht!
Ich bin klein und muss noch wachsen."

„Einer für dich, zwei für mich.
Das ist gerecht, weil ich die Pilze gefunden habe."

„Das ist nicht gerecht! Du hast sie mir mitgebracht!"

1 Warum streiten der Bär und das Wiesel? Erzähle.

2 Wie könnten der Bär und das Wiesel ihren Streit lösen?
Sammelt Ideen und spielt.

3 Hast du dich schon einmal gestritten,
weil du etwas ungerecht fandest? Erzähle.

Streitlösungen entwickeln und sie hinsichtlich ihrer Eignung untersuchen
Sich mit den eigenen Wahrnehmungen und denen anderer auseinandersetzen
Eigene Werte, die Werte anderer und Werte in Freundschaften untersuchen

→ S. 69

Gedankenwelt

Ich habe noch eine Frage.

Das habe ich gelernt.

Behandle andere so,
wie du selbst gern
behandelt werden möchtest.

Mein Lieblingsgedanke

Kinder der Welt

1 Betrachte das Bild.
Woran denken die Kinder? Vermute.

2 Erzähle, welche wichtigen Gedanken in deinem Kopf sind.

3 Was möchtest du über die Kinder wissen?
Stelle Fragen.

4 Welche Gemeinsamkeiten haben alle Kinder?
Gibt es Unterschiede? Tauscht euch aus.

Über Erfahrungen mit Symbolen in der eigenen Lebenswelt
sowie deren Bedeutung für die eigene Orientierung sprechen
Gleichwertigkeit aller Menschen in Ansätzen beschreiben

AH 1 S. 20
BK 29, 40 – 46
→ S. 68

Alle Kinder spielen

Jedes Kind hat das Recht,
zu spielen, sich auszuruhen und freie Zeit zu haben.

1 Betrachte die Fotos. Erzähle.

2 Bei wem möchtest du mitspielen? Begründe.

3 Wo und was spielst du gern? Tauscht euch aus.

Unterschiedliche Verhaltensweisen, Bedürfnisse und Wünsche von Menschen beschreiben
Eigene Grundbedürfnisse und Wünsche sowie deren Bedeutung für das eigene Leben untersuchen
Gleichwertigkeit aller Menschen in Ansätzen beschreiben

AH 2 S. 20
→ S. 68, 72

Feste im Jahr

1 Welche Feste erkennst du? Erzähle, was du über das Fest weißt.

2 Erzähle, welche Feste du noch feierst.

3 Welches Fest magst du besonders? Begründe.

4 Ein Fest hat keinen festen Platz. Erkläre.

Einblick in die Bedeutung von religiös geprägten Festen und Zeiten gewinnen
Sich über die Vielfalt kultureller und weltanschaulicher Feste und Feiertage austauschen
Bedeutung religiöser und kultureller Feste beschreiben

KV 25
Poster
→ S. 68

Geburtstag feiern

Alles Gute!

Happy birthday!

Tillykke!

1 Was gehört für dich zu einer tollen Geburtstagsfeier? Erzähle.

2 Was wünschst du einem Geburtstagskind? Tauscht euch aus.

3 Erkläre, warum viele Menschen ihren Geburtstag feiern.

Einblick in die Bedeutung persönlicher Feste gewinnen
Über Erfahrungen mit Ritualen und Symbolen in der eigenen Lebenswelt sowie deren Bedeutung für die eigene Orientierung sprechen

AH 1 S. 21
KV 26, 38

Erntedank

Überall auf der Welt danken Menschen
für eine gute Ernte.
Deshalb gibt es in vielen Ländern Erntedankfeste.

Erntedankfest
Deutschland

Laubhüttenfest
Israel

Thanksgiving
USA und Kanada

Mondfest
China und Thailand

1 Erkläre, warum man überall auf der Welt Erntedankfeste feiert.

2 Betrachte die Bilder. Was ist dir vertraut, was ist dir fremd? Erzähle.

Einblick in die Bedeutung von religiös geprägten Festen und Zeiten gewinnen
Sich über die Vielfalt kultureller und weltanschaulicher Feste und Feiertage austauschen
Bedeutung religiöser und kultureller Feste beschreiben

AH 1 S. 22; AH 2 S. 21
KV 27; BK 47 – 50
→ S. 68

Sankt Martin

Martin lebte vor langer Zeit.
Mit 15 Jahren
wurde er Soldat
des römischen Kaisers.
Er trug einen Helm und
einen warmen Mantel.

An einem kalten Wintertag
ritt Martin auf seinem Pferd
durch die Stadt.
Sein Mantel wärmte ihn.
Am Stadttor erblickte er
einen Bettler. Der arme Mann
trug nur zerschlissene Kleider
und fror entsetzlich.

Viele Menschen gingen achtlos an ihm vorüber. Martin aber zügelte sein Pferd. Als er sein Schwert zog, erschrak der Bettler. Martin teilte jedoch damit seinen Mantel und gab eine Hälfte dem frierenden Mann. Noch ehe dieser sich bedanken konnte, ritt Martin glücklich davon.

1 Warum war Martin glücklich? Tauscht euch aus.

2 Was dachten die Leute, die achtlos vorübergingen? Vermute.

3 Spielt die Geschichte nach oder legt ein Bodenbild.

Einblick in die Bedeutung von religiös geprägten Festen und Zeiten gewinnen
Situationen gegenseitiger Hilfe und Fürsorge erörtern
Eigene Werte und die Werte anderer untersuchen

AH 1 S. 23
KV 28 – 29; BK 51 – 54
→ S. 68

Vom Teilen

Freude teilen

Wissen teilen

Zeit teilen

Arbeit teilen

Kummer teilen

Spielzeug teilen

1 Finde für jedes Bild passende Wortkarten. Erkläre deine Wahl.

2 Was kannst du teilen? Nenne Beispiele.

3 Was würdest du nicht mit anderen teilen? Begründe.

Situationen gegenseitiger Hilfe und Fürsorge erörtern
Einblick in die verschiedenen Formen des gemeinschaftlichen Lebens gewinnen

AH 2 S. 22
→ S. 68, 71

Advent

Die Adventszeit ist die Zeit des Wartens auf Weihnachten.
Das Wort **Advent** bedeutet so viel wie Ankunft oder Erwartung.
In der Adventszeit gibt es viele Bräuche.
So fällt das Warten leichter.
Wohnungen werden geschmückt.
Viele Menschen stellen einen Adventskranz auf.
An jedem der vier Adventssonntage wird eine Kerze mehr angezündet.

Ein Brauch ist etwas Besonderes, das Menschen zu bestimmten Zeiten immer wieder tun.

1 Welche Bräuche im Advent kennt ihr? Tauscht euch aus.

2 Was ist für dich das Besondere in der Adventszeit? Erzähle.

3 Vervollständige den Satzanfang:
Advent ist für mich …

Einblick in die Bedeutung von religiös geprägten Festen und Zeiten gewinnen
Von Erfahrungen mit Ritualen erzählen und deren Bedeutung beschreiben

AH 1 S. XX
Poster
→ S. 68

Nikolaustag

Am 6. Dezember ist Nikolaustag.
Er erinnert an Bischof Nikolaus.
Dieser lebte vor vielen
hundert Jahren in Myra.
Seine Eltern hatten Nikolaus
großen Reichtum hinterlassen.
Damit beschenkte er heimlich
Arme und Bedürftige.

1 Was erfährst du über Bischof Nikolaus?
Erzähle.

2 Welche Bräuche zum Nikolaustag kennt ihr?
Tauscht euch aus.

Einblick in die Bedeutung von religiös geprägten Festen und Zeiten gewinnen
Von Erfahrungen mit Ritualen erzählen und deren Bedeutung beschreiben

AH 1 S. 25
KV 30
→ S. 68

Lichterfeste

Überall auf der Welt gibt es Lichterfeste.
Sie werden mit unterschiedlichen Bräuchen gefeiert.

Zum **Weihnachtsfest** erstrahlen in Deutschland viele Wohnungen und Häuser im Lichterglanz.

Das Lichterfest in Indien heißt **Diwali**.
Es wird im Oktober oder November fünf Tage lang gefeiert.

Das jüdische Lichterfest **Chanukka** feiert man acht Tage und Nächte. Jeden Tag wird eine Kerze mehr auf dem Leuchter angezündet.

Bei Vollmond im November feiert man in Thailand das Fest **Loy Krathong**.

1 Betrachte die Fotos.
Welche Gemeinsamkeiten und Unterschiede gibt es?

2 Welches Fest würdest du gern mitfeiern?
Begründe.

3 Zu welchen Anlässen werden bei dir zu Hause Kerzen angezündet?
Erzähle.

Einblick in die Bedeutung von religiös geprägten Festen und Zeiten gewinnen
Ausdrucksformen (u. a. Feste) unterschiedlicher Religionen und Kulturen beschreiben
Von Erfahrungen mit Ritualen erzählen und deren Bedeutung beschreiben

AH 2 S. 23
→ S. 68

Die Weihnachtsgeschichte

1 Erzähle die Weihnachtsgeschichte nach.

2 Welche Stelle der Geschichte hat dich am meisten beeindruckt? Begründe.

Silvester und Neujahr

Ich bin froh, dass du meine Freundin bist.

Ich wünsche mir, dass wir auch im neuen Jahr zusammen viel Spaß haben.

1 Welche Wünsche hast du für das neue Jahr? Erzähle.

2 Was war schön im alten Jahr? Tauscht euch aus.

3 Erzählt, wie ihr Silvester feiert.

Einblick in die Bedeutung von religiös geprägten Festen und Zeiten gewinnen
Von Erfahrungen mit Ritualen und Symbolen erzählen und deren Bedeutung beschreiben

AH 2 S. 25
KV 32
→ S. 68

Das Zuckerfest

**Der Ramadan ist der Fastenmonat der Muslime.
In dieser Zeit essen sie nur vor Sonnenaufgang
und nach Sonnenuntergang.
Am Ende des Fastenmonats feiern Muslime ein großes Fest.**

1 Was erfährst du über das Fest. Erzähle.

2 Was möchtest du über dieses Fest noch wissen?Stelle Fragen.

3 Erzähle, wenn du das Fest schon gefeiert hast.

4 Welche Gemeinsamkeiten mit Festen, die du kennst, fallen dir auf? Tauscht euch aus.

Einblick in die Bedeutung von religiös geprägten Festen und Zeiten gewinnen
Von Erfahrungen mit Ritualen erzählen und deren Bedeutung beschreiben
Beispielhaft zentrale Merkmale von Religionen benennen

AH 2 S. 26
→ S. 68

Ostern

Ostern ist ein Fest im Frühling.
In der Osterzeit gibt es viele Bräuche.
Im Christentum ist Ostern das wichtigste Fest.
Es erinnert an die Auferstehung Jesu.

1 Betrachte die Bilder.
Passen alle zur Osterzeit?
Begründe.

2 Welche Osterbräuche kennt ihr?
Tauscht euch aus.

Ostern wird am Sonntag nach dem ersten Frühlingsvollmond gefeiert.

Einblick in die Bedeutung von religiös geprägten Festen und Zeiten gewinnen
Von Erfahrungen mit Ritualen und Symbolen erzählen und deren Bedeutung beschreiben
Beispielhaft zentrale Merkmale von Religionen benennen

AH 1 S. 27; AH 2 S. 27
→ S. 68

Gedankenwelt

Wäre das Leben genauso schön, wenn wir keine Feste feiern würden?

Das habe ich gelernt.

Ich habe noch eine Frage.

Mein Lieblingsgedanke

Eine Welt zum Staunen

1 Betrachte die Bilder und erzähle.

2 Worüber staunst du am meisten? Tauscht euch aus.

3 Bringe etwas mit, worüber du staunst. Begründe.

Ich staune.
Ich denke nach.
Ich stelle Fragen.

Einblick in das Wunderbare der Natur gewinnen
Wahrnehmung der Natur im eigenen Umfeld beschreiben
Sich mit der eigenen Wahrnehmung und der Wahrnehmung anderer auseinandersetzen

AH 1 S. 28/29; AH 2 S. 28
Poster
→ S. 68

Kleine Wunder

Die Natur ist voller Wunder.
Wenn du durch eine Lupe schaust,
kannst du noch viel mehr
Erstaunliches entdecken.

Die Flügel der Schmetterlinge
bestehen aus tausenden
kleinen Farbschuppen.
Mit ihrem langen Rüssel
saugen die Schmetterlinge
Nektar aus den Blüten.

Wusstest du,
dass es Schmetterlinge gibt,
die mit ihren Fühlern riechen und
mit ihren Füßen schmecken können?

1 Sind Schmetterlinge kleine Wunder?
Begründe.

2 Nimm eine Lupe. Welche kleinen Wunder entdeckst du in der Natur?
Male oder fotografiere sie.

3 Was kannst du tun, damit die kleinen Wunder erhalten bleiben?
Tauscht euch aus.

Einblick in das Wunderbare der Natur gewinnen
Wahrnehmung der Natur im eigenen Umfeld beschreiben

AH 1 S. 30
KV 38; Poster
→ S. 68

Alles Natur?

1 Betrachte das Bild.
Was gehört zur Natur, was nicht? Begründe.

2 Sammelt weitere Dinge in der Natur.
Sortiert diese. Präsentiert eure Sammlung.

3 Fühlst du dich als Teil der Natur?
Finde gute Gründe.

Einblick in das Wunderbare der Natur gewinnen
Wahrnehmung der Natur im eigenen Umfeld beschreiben
In Grundzügen zwischen Natur und Technik unterscheiden

AH 2 S. 29
→ S. 68, 71

Natur erleben

1 Stell dir vor, du sitzt unter diesem Baum.
Was siehst, hörst, riechst und fühlst du? Erzähle.

2 Der Baum hält für Mensch und Tier viel Gutes bereit.
Tauscht euch aus.

3 Der Mensch braucht den Baum.
Braucht der Baum den Menschen? Begründe.

Sich zum Umgang mit der Natur positionieren
Wechselbeziehungen zwischen Natur, Mensch und Tier wahrnehmen und erklären

AH 1 S. 31
KV 34, 38; Poster
→ S. 68

Natur beschützen

Wenn alle
ein bisschen tun,
ist allen
ein bisschen geholfen.

1 Betrachte die Fotos und erzähle.
Passt der Spruch dazu? Begründe.

2 Welche Möglichkeiten nutzt du, um der Natur etwas Gutes zu tun? Kennst du noch andere? Erzähle.

Müll trennen

einen Baum pflanzen

Wasser sparen

Abfall vermeiden

keine Zweige abknicken

Stoffbeutel benutzen

Tiere nicht verletzen oder töten

Sich mit den Notwendigkeiten zum Schutz der Natur auseinandersetzen
Handlungsmöglichkeiten für einen verantwortungsvollen Umgang mit der Umwelt im eigenen Umfeld benennen und Stellung dazu beziehen

AH 2 S. 30
KV 35; BK 55 – 59
→ S. 68

Mit Tieren leben

1 Betrachte die Fotos.
Erzähle über das Leben der Tiere.

2 Was brauchen Tiere, damit es ihnen gut geht?
Nenne Beispiele.

3 Brauchen die Tiere uns Menschen?
Begründe.

Sich zum Umgang mit der Natur positionieren
Bedürfnisse von Tieren anhand von Beispielen erläutern
Wechselbeziehungen zwischen Natur, Mensch und Tier wahrnehmen und erklären

AH 1 S. 32
→ S. 68

Von Tieren und Hausmenschen

Viele Kinder wünschen sich ein Haustier.
In der Geschichte über Josef Schaf wünschen sich
die Tiere kleine Hausmenschen zum Kuscheln und Spielen.

1 Betrachte das Bild.
Was fällt dir auf? Beschreibe.

2 Wählt eine Szene aus.
Was könnten die Tiere sagen?
Was könnten die Menschen sagen?
Spielt mit verteilten Rollen.

3 Stelle dir vor, du bist einer der Hausmenschen.
Was denkst du? Was fühlst du?
Tauscht euch aus.

Bedürfnisse von Tieren anhand von Beispielen erläutern
Wechselbeziehungen zwischen Natur, Mensch und Tier wahrnehmen und erklären
Eigene Werte, Werte anderer und Werte in Freundschaften untersuchen

AH 2 S. 31
KV 38
→ S. 68, 72

Der Kreislauf des Lebens

1 Erzähle vom Kreislauf der Sonnenblume.
Wähle einen Anfang.

2 Könnte es einen anderen Anfang geben?
Begründe.

3 Wie stellst du dir deinen Kreislauf des Lebens vor?
Tauscht euch aus.

Wahrnehmung der Natur im eigenen Umfeld beschreiben
Veränderlichkeit der Natur kennen
Vorstellungen vom Weg des Lebens darstellen

AH 1 S. 33
→ S. 68

Werden, Wachsen und Vergehen

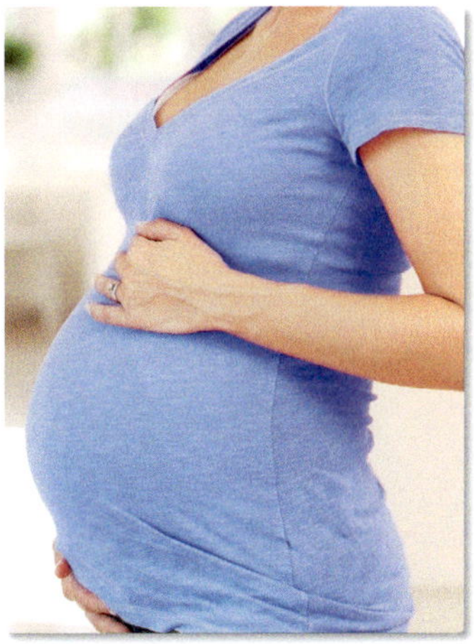

1 Betrachte die Fotos.
Was fällt dir auf?

2 Wähle ein Lebewesen aus.
Beschreibe sein Werden, Wachsen und Vergehen.

3 Hat alles einen Anfang und ein Ende?
Begründe deine Meinung anhand eines Beispiels.

Veränderlichkeit der Natur kennen
Vorstellungen vom Weg des Lebens darstellen
Vorstellungen für die zukünftige Gestaltung des eigenen Lebens entwickeln

AH 2 S. 32
→ S. 68

Endlichkeit des Lebens

1 Betrachte das Bild.
Was könnte passiert sein?
Vermute.

2 Was denken und fühlen die Freunde?
Erzähle.

3 „Alles stirbt einmal“, sagte der Hase.
Stimmst du dem zu?
Begründe deine Meinung.

Staunen und fragen

1 Über welche Frage möchtest du mit anderen Kindern nachdenken? Wähle aus. Tauscht euch aus.

2 Welche Fragen hast du? Worüber staunst du? Schreibe deine Gedanken auf.

Warum …? Wo …? Wieso …? Was …? Wer …?

3 Stell dir vor, du lebst auf einem anderen Planeten. Was erlebst du? Erzähle.

Sonne, Mond und Sterne

Sonne, Mond und Sterne haben für Menschen, Tiere und Pflanzen eine große Bedeutung.

Ich bringe die Menschen zum Träumen.

Ich leuchte nachts.

Ohne mich gibt es kein Leben.

Tag und Nacht gibt es meinetwegen.

Ich weise den Menschen den Weg.

Ich erwärme die Erde.

Ich schenke Energie.

Ich bringe das Licht.

1 Lies die Aussagen.
Ordne sie den Bildern zu.

2 Welche Bedeutung haben Sonne, Mond und Sterne für dich?
Erzähle.

Einblick in das Wunderbare der Natur gewinnen
Wahrnehmung der Natur beschreiben
Sich mit eigenen Wahrnehmungen und den Wahrnehmungen anderer auseinandersetzen

AH 1 S. 34; AH 2 S. 34
BK 58 – 60
→ S. 70

Gedankenwelt

Ich habe noch eine Frage.

Jeder starke Baum
war einmal eine kleine Pflanze
und jede große Tat
beginnt mit einem kleinen,
guten Gedanken.

Das habe ich gelernt.

Mein Lieblingsgedanke

Methodenwelt

Wahrnehmen und beschreiben

Ich schaue genau hin
und beschreibe,
was ich wahrnehme
und beobachte.

Situationen beschreiben
Erzähle, was du
auf dem Bild siehst.
Achte auf alle Einzelheiten.

Mit allen Sinnen wahrnehmen
Gehe in die Natur.
Betrachte ein Lebewesen oder
einen Gegenstand ganz genau.
Entdeckst du kleine und
große Wunder? Erzähle.

Ich sehe …

Ich höre …

Ich fühle …

Ich rieche …

Ich schmecke …

Die phänomenologische Methode nutzen:
Menschen, Dinge und Sachverhalte genau wahrnehmen und beschreiben,
staunen und Fragen stellen

KV 38 – 42
Poster

Verstehen

Ich versuche, Zusammenhänge zu verstehen.

Rollentausch
Versetze dich in die Lage der Kinder.
Wie fühlen sie sich?
Was denken sie?
Spielt die Situation nach.

Ich denke …

Ich vermute …

Möglicherweise …

Ich frage mich …

Standbild
Zeige deine Gedanken und Gefühle
mit deinem Körper.
Baue ein Standbild.

Die hermeneutische Methode nutzen:
Weltanschauungen in verschiedenen Zusammenhängen deuten, Symbole verstehen,
Erklärungen finden bzw. sich bewusst machen und sich damit auseinandersetzen

Poster

Erklären

Ich denke über wichtige
Begriffe nach
und versuche sie zu verstehen.
Ich überprüfe Argumente.

Begriffspyramide
Sammele wichtige Wörter zu einem Thema.
Ordne diese.
Der wichtigste Begriff steht ganz oben.
Begründe deine Entscheidung.

Sortieren
Ordne Gegenstände oder Bilder
den Wörter zu.
Begründe deine Wahl.

Gedankenschwarm
Sammle alle Gedanken,
die dir zu einem Thema einfallen.

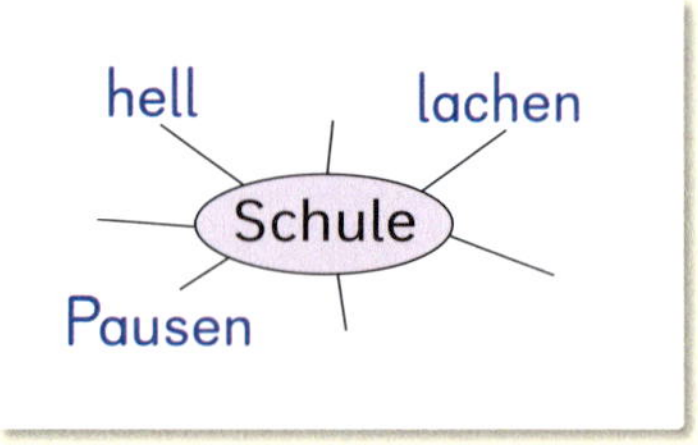

Abwägen

Ich überlege,
was für oder gegen
etwas spricht.

Gute Gründe finden
Finde Gründe, die deine Meinung deutlich machen.
Tausche dich mit anderen Kindern aus.
Wägt ab, wie wichtig einzelne Gründe sind.

Ich denke, dass …

Dafür spricht, dass …

Ich finde es gut, weil …

Dagegen spricht, dass …

Andererseits …

Die dialektische Methode nutzen:
Sich mit Sinnfragen beschäftigen, Vor- und Nachteile abwägen, Alternativen aufzeigen und überprüfen

KV 45 – 46
Poster

Fantasieren und weiterdenken

Ich denke nach,
nutze meine Fantasie
und finde neue Ideen.

Gedankenexperiment

Lass dich auf ein Gedankenexperiment ein.
Stell dir vor, wie es noch sein könnte.
Sei kreativ.
Du kannst auch ein Bild dazu malen.

Stell dir vor ...

Könnte es sein, dass ...

Nehmen wir an, es gäbe ...

Was wäre, wenn ...

Die spekulative Methode nutzen:
Philosophische Fantasie einbringen, Denkalternativen entwickeln,
eigene Standpunkte relativieren, Empathie entwickeln

Poster